新巻

高橋将夫

東京四季出版

序にかえて

清水。

しみず、ではない。しょうず、という。

それはそれは洌《きよ》らかな湧水の畑、といったらよかろうか。水底に、たしかに、しかし陶然と、絶ゆることなく、何箇所も沙《すな》を、ふきあげ、水は湧き、源をつくり、流れとなっていく。

それにしても、「しょうず」の名の、ひびきは心地よい。

「清水」は、各々《おの》の地にもあろうけれど、泰澄ゆかりの霊山、白山山系の南部、その麓の西にひらける、越前大野の町のそれは、ことのほかまことの「しょうず」であろう。

母とゐて本願清水河鹿鳴く　将夫

その清水《しょうず》には、河鹿が鳴き、また、「イトヨ」という、〝初諸子《もろこ》〟に似た、可愛いい、澄明な魚が棲んでいる。「いとよ」は「糸魚川」の「糸魚」。トゲウオ目の魚で、体長約五㎝。体側に板状の鱗《うろこ》が多数あり、背びれに三本のとげがある。産卵期に雄が糸状の粘液を出し、川底にすり鉢状の巣を作るので有名。北日本の清流にしか生息しない。大野地方のあたりがその南限と聞いている。

高橋将夫さんは、この「しょうず」と「いとよ」の、越前大野の産。

この澄明な越前大野は、そこを九頭竜の支流・真名川が流れ（この名のひびきがまたよい）東北に白山を望み、東に経ケ岳、南に銀《ぎ》杏峯《なんぽう》、を見る。この「精神の位相」の高く清冽な風景が、高橋さんの原風景――。
高橋さんは、こんなふうに詠む。

白山の登り口なる苔の花
ががんぼや経ケ岳より風きたる
芋の花真名川に顔漬けにけり
親鸞とゐる水無月の銀杏峯
かちわりや美濃白鳥へ抜けにけり
白山のよく見ゆる日の上布かな
銀杏峯祭太鼓のやみにけり

等々。

また、この大野地方は、句にもあるように経ケ岳の狭間の峠を一と越えすれば美濃白鳥、郡上八幡。また、西には、一乗谷、越前和紙の里今立《いまだて》、永平寺等があり、三国、東尋坊、吉崎御坊等へとひらける。

ところでこの辺りは、宗教的にはおおむね真宗王国。高橋さん自身も、己のことを、

「北陸はもちろん、浄土真宗です。親鸞より蓮如の世界かもしれません」

と語っている。まさに「本願清水」がそうである。

――そこでいよいよ、高橋さんの「精神風土」がうかびあがってこよう。

その上、母上は「柊」の歌人である。「上布」の句は母上であろう。

――ここまでくれば、高橋将夫の詩的風土は、言わずもがな、であろう。おのずからそこに、かけがえのない己の表現体としての俳句があった。第一句集『新巻』が成った。ということである。


かような地霊、風韻の中で、本来高橋さんの「人となり」「詩性」「文体」は、正確、中庸、緻密、端正―である。モノとコト、物事の、分析洞察はいわば時空の正道をいっている。

そこへもって、志を「俳句」とさだめてからの高橋さんの詩性には、新しみと諧謔が加わった。いや、それは本来のものが、ある機を得て表に出た、ということかもしれないが……。

ともあれ、『新巻』は、

池を見て祭の中に入りにけり
祇園会の水が流れてゆきにけり
緑ゆゑ開かずにおく落し文

の、存問、単明の老成と、若さの心象風景ではじまる。
あと、子規が出、良寛が出、写楽が出、ロダン、アインシュタイン、ヘミングウェー等々、が出てくる。高橋将夫俳句の位相に、興味は津々とわいてくる。

秋天やアインシュタイン長き舌

は、誰しも手をつけ得なかった世界であろう。

漉餡が好きで蒟蒻掘つてをり
天網をくぐり蟋蟀とびにけり
春の山裏地は天竺木綿かな
いささかの麝香の混じる鳥曇

等々は、「かろみ」をしかと俳諧の世界にひらき得た秀作であろう。
さらに、殊に切字の決定《けつじょう》した句がいい。

ごんずいの貌が並んでをりにけり
はんざきの石の上なる眠りかな

等々……。これらはまこと俳句の醍醐味である。

そこで、もうこれ以上将夫作品をあげることはしない。これ以上私が楽曲分解《アナリーゼ》したら、著者と読者にむしろ礼を失しよう。ただひとつ、高橋さんは、『新巻』を編むことによって、精神の意識線上に己の意志をしかと乗せて、ひとつの意志体を現成せしむることに成功した、その点だけ特筆しておきたい。

第一句集『新巻』、お芽出とう。

平成九年（一九九七）八月吉日

岡井省二

目次

句集

新巻

緑ゆゑ

平成四年〜五年

池を見て祭の中に入りにけり

祇園会の水が流れてゆきにけり

緑ゆゑ開かずにおく落し文

飛び散つて石の匂ひの秋の水

胸元へ突き出されたる猫じやらし

真言の谺となりし冬の雁

寒茜連山闇に沈めたり

蜂蜜の固まつてゐし彼岸かな

打ち叩く銅版に浮き春の波
桃の咲く浅瀬の石のぬめりかな
弓なりに砂嘴によせくる春の潮
日の中の濃絵《だみえ》の松や白子干

金箔に透してみたり春の月

獺祭に小鮒の棲まぬ小川かな

猩々の居敷の下の春の土

朱の袴よぎりて匂ふ沈丁花

銀色に葉裏光るよ桜鯛
打ち鈍《なま》す銀に槌目の朧にて
行く春の赤芽柏に残る紅
ゆつくりと富士動きたる四月かな

龍天に登る湖心の蒼さかな

青にびの壺に鶯音を入るる

九頭竜の本流なれば雨燕

石垣に櫓に茅花流しかな

ためらはず山懐へ青嵐

青梅雨のまろき桂の葉なりけり

木漏れ日を手に確かめて夏衣

いやあんた居つたんかいね心太

風鈴や己が声に目覚むれば

三伏の闇をさへぎり金屏風

翔ぶことはあらねど脱ぎし蛇の衣

紫陽花の紫もあり歎異抄

卯の花や瀬音のとどく崖つ縁

ロボットの指が卯月の卵とる

夏草のさゆれにオブジェ照り返す

不揃ひの石でケルンを積みにけり

南風にしかとロダンの地獄の門

指先にふれて九月のエンタシス

片蔭の三条烏丸東入ル

黒文字の楊枝でつつく冷奴

時折は楕円に回る水すまし

五月闇振り子の音が見えにけり

八月の絵に輪郭の線なくて

鼻をもて象の一声秋立ちぬ

風上へ高みへ鷹の鳥屋出かな

天涯へ雲流れゆく山椒の実

鯖雲の下ゆく雲の遅速かな

引く波の後追ふ砂の秋の声

ひやひやと岩に額つけゐたりけり
爽やかにカルスト台地踏みて行く
アリーナに谺してゐる秋の声
うそ寒やシンバルの音すぐ消えて

秋澄むや写真に金の原子核

去来忌に白まぎれなき夜の雲

陽光を背に朝の月みてゐたり

千鳥きて夕べにかはる風の色

まだ赤き山際にありし月の眉

邯鄲に話しかけたる真昼かな

青空にとけてしまひし冬の月

開け放ち人けなき間の金屏風

山裾のあらはなりけり龍の玉
冬帝の猫の三時のまなこかな
一考の間に鯨鍋震動す
明王の三つのまなこ蕪汁

冬至芽や日は真南に動かざる

南へと髪吹かれをり冬至梅

牡丹雪睫にとけて母の皺

粉雪に裏山もろとも埋れたり

山眠る岩より鉄鎖垂れてをり

行く年の書庫に回れる換気扇

春筍

平成六年

みぎひだりそろへて結昆布かな

人の日の魚立ちしまま眠りたる

黒玉子かるく握りて福寿草

初東風や児《この》手《て》柏《がしは》の裏表

春筍のころがしてある池のはた
孟春の墨を研ぐ貝おかれあり
弔ひに赤飯の膳さくらかな
うららかや素手で磨ける杉丸太

朧夜の足もとにある誘導灯
早春のダイヤグラムの線の数
モーターの音の絶え間の春の闇
田鼠化し鶉となるや進化論

青帝の大赤絵皿から拭きす
空っぽの蜆をつまむ蜆汁
朝まだき室出しの独活湯に通す
鞦韆を漕ぎゐるときの背筋かな

釣鐘を指でゆすれば山笑ふ

またしても手にへばりつく新真綿

おが屑を踏みて氷室にゐたりけり

まづ赤身つぎに白身を半夏生

はんざきの頷くことのありにけり

花茣座の花の真上にねまりをり

籐椅子に半跏思惟にてかけてみる

白シャツでナポレオン展見て帰る

白繭を煮て糸口をたぐりをり
三伏の屋根に貝殻祀りあり
いふなれば井守の腹の赤さにて
手花火で手花火に火をつけてをり

皮脱ぎしばかりの竹の白き節
鹿の子に匂ひかがれてしまひけり
磨る墨の試し書きして秋隣
木の実降る文塚の土払ひけり

和紙括る縄より草の実のこぼる

一振りに切る真名箸の秋の水

竹藪にゐて秋の日の揺るる音

新涼や敷居踏んでも跨いでも

秋草の汁に浸して絞るなり
桃色の螺鈿の貝の夜寒かな
先頭を追ひかけて鶴渡るなり
象の目の笑ひて雁の渡りかな

秋天やアインシュタイン長き舌
大宇陀の甘柿に渋もどりくる
入れたての襖一枚開けてあり
このわたを掬ひしほどのなんぎかな

漉餡が好きで蒟蒻掘つてをり
能面の瞬くことも神の留守
眄《ながしめ》の魴鮄の声聞かずとも
灯の下に魚類図鑑の冴えてあり

山房の板曼陀羅の榾明り
鹿の皮燻す烟や冬の月
水音の後梟の羽音して

芹の水

平成七年

長熨斗の裾三方に納まらず
何も言へずに寒天をただ晒す
沈金の器に注ぐ寒の水
編む竹の跳ね返りきて春隣

火の山の麓の村の豆の花

芹の水掬うて吉野葛を溶く

永き日の乾いてゐたる硯かな

鳥雲に入りあかときの忌火切る

清明の灰を均して伽羅を焚く
風車回りたければ回るなり
春山にゐて海の風吹きたる
蜆汁砂かんでふと母のこと

ふるさとに母ふところに犬ふぐり

折るならば筆抜くならば葦の角

うららかに来て適塾の休館日

こけさうと思へばこけて海苔を掻く

先ほどの東風がもどつて来たやうな
春泥に黒八丈を染めにけり
朱漆を塗り重ねゐる花の冷え
韮包みかけて新聞読んでをり

巻貝の殻より蝿の生れたる

大宇陀の桜散りたる土と水

氷穴を出て炎天に屈伸す

炎帝の壺の中より黒酢の香

それとなく灼くる河原の石捲《まく》る
炎天に掻き混ぜてゐる漆かな
おもむろに茶釜置きたり蒲筵
芭蕉布を脱いで硯を彫りかける

胡瓜もみ強がり言うてしまひけり

思ひおもひにとり囲む蒲の池

水曜も毘沙門堂にかたつむり

便りきて金魚の水をかへにけり

白山の登り口なる苔の花
ががんぼや経ケ岳より風きたる
芋の花真名川に顔漬けにけり
越前の大野ケ原の水すまし

真名川と流れてゐたる水馬

親鸞とゐる水無月の銀杏峯《ぎなんぽう》

かちわりや美濃白鳥へ抜けにけり

母とゐて本願《ほんがん》清水《しょうず》河鹿鳴く

十薬に磨ぎ水流しゐたりけり

祭鱧父の鉤鼻もうあらず

白山のよく見ゆる日の上布かな

銀杏峯《ぎなんぽう》祭太鼓のやみにけり

夏袴白磁ふれあふ音したり

紀ノ川の水くぐらせる蛍籠

藍の花まもなく咲くと刈りにけり

葛餅の黄粉の下に黒砂糖

睡蓮や醬油饅頭ありにけり

かき氷ちいと言ひすぎやもしれぬ

ゴリ汁を啜りたき日や何かある

そんなこといちいち聞くな蚯蚓鳴く

重陽の太い柱の黒光り
煎餅の生地揉みほぐす鰯雲
鬼貫についてゐて踊の中にゐる
ふくらます鬼灯飛んでしまひたる

木の実降る天上大風かもしれぬ

墨広がりて鋒鋩に秋の星

秋の日に鱶の尾鰭の吊し干

真実に鈴の音するぬめり草

いふなれば郁子と通草の違ひなり

おほかたの自然薯途中より曲る

盆東風に北斎の絵の波頭

秋時雨砂を流して止みにけり

野火止の色なき風に吹かれをり
天網をくぐり蟋蟀とびにけり
紅葉かつ散りて更紗の重ね摺り
茸あまた天竺様も唐様も

海渡り取って返しぬ穴まどひ
極太の蔦をたぐってみたるなり
ほっとして蘆の穂絮を吹きにけり
氷頭膾箸は止めずに撥ねてみる

バッタとぶ補点の離れ具合かな

搔き混ぜて焔たちたる蘆火かな

大年の皿が余つてをりにけり

火の色の

平成八年

新巻を吊し火宅にすまひせり

毛衣の紐を結んで畳みけり

残心は真つ向におく初稽古

仏の座嘘八百に根が生えて

奥の手で胴金独楽は廻すべし
寒烏鉄槌の音突き抜けし
冬襖開ければ人の匂ひして
眼鏡はづして九年母のかざを嗅ぐ

葱畑雨降つて溝深くなり

大綿や間歇泉の吹き出して

沖かけてころがつてゆく冬の雷

人間の足許洗ふ冬の波

方丈記海にまつかなの冬の雲

寒菊や十指に足らぬ笛の穴

葱洗ふ髄あるところ無きところ

もぞもぞとして身の内の冬の虫

葛晒す水乳色に明けてをり

冬の灯の揺れて鉄扉の開きたる

赤光を閉ぢて寒夜の煙草の火

寒鮃まなぶた動く眠りかな

叡山の雪に無数の滴《しづく》穴

マスクしたままで耳打ちされにけり

鬼やらひ幽門にある古い傷

鳥雲に入りて天衣に縫ひ目かな

白光の大雪山系鳥ぐもり

翁草生ひしあたりの山気かな

山鳥は長すぎにして雉の尾

熊笹に面打たれたる浅き春

春草やあまたの池塘地獄谷

座禅草鬼の抜け殻かもしれぬ

木炭の粉まき散らす雪解かな

末黒野に燻《くすぶ》つてゐる週刊誌

墓穴を出でて門扉のなき家並
京に来て頭の中に蝿生まる
太陽の燃え尽きる日もさくらかな
満開の桜の下に抜きし杭

白山の桜の枝を焚く煙
種案山子時が止まつてをりにけり
象の谷田螺の時と過ぎにけり
文鎮で叩けば夏の霞かな

夏の水土人形がとけてゆく
ファックスを卯の花腐し受信中
木耳の生えるこの道通りやんせ
青蜥蜴岩の狭間で考へて

片蔭に背中の皮を剝いてをり

死ぬときも生まるるときも炎天下

暗きよりががんぼとくる山法師

夕凪の海底を砂流れけり

木の枝の鵜の嘴に鱗かな

蛍きて閉ぢたる刑事訴訟法

並びゐて一番上の蟬の殻

竹皮を脱ぐにあれこれ考へず

羅で登る石段手すりなく
かたつむり濡れ縁はもう乾くころ
三伏の闇へファックス送信中
宇治十帖葭五位の声葭の中

鳥部野に口なしの花匂ひけり

さつするに京育ちなる熱帯魚

包帯の指でわけ入る夏暖簾

糸瓜咲くころや六法全書繰る

まに合ひて金玉糖の届きけり

白山や乾涸《ひから》びてゐる烏瓜

千年を裸のままで眠りたし

常盤木の落葉を綴ぢるホッチキス

末広にそろへ鮑の剝き身かな
真名川の音の中なる破れ傘
鳥獣夏の水辺となりにけり
美しき順にもぎたるなすびかな

鼻面を叩けば動く鯰の尾

暮れがたの南柯の夢は真夏かな

行き過ぎと気付いて開く扇かな

揺れてゐる秋の簾にゆるみなし

長椅子に開いたままの秋扇

石山の石の中より虫の声

斑鳩に蛤となる雀かな

何もない部屋に襖の入りにけり

すぐにでも蓮の実飛んでくれさうな
蘆刈つて結はへて余る縄の先
蜉蝣を捕へそこねし魚の影
待宵の寺町を来る姉妹かな

栗の木を離れて毬《いが》を拾ひたる
捨てかねし木の実に換へて捨つるもの
手に乗らぬ文鳥秋の野に放つ
笑ひ声する方に向く鹿の耳

瓢の実の落ちて水面の凹みかな

白露に濡れたる縄をほどきけり

新蕎麦やぬつと出でたる写楽貌

はらごを食べながら聞くレクイエム

柏手を打つ足許をちちろ虫

ゆつくりと秋草を這ふ畑かな

走り火のいつしか鷹の渡りかな

秋北斗その気になつてしまひけり

紅葉かつ散るや下足を揃へ置く

桔梗やまだ読みかけの地獄変

それとなく鹿の気持になつてみる

まつすぐに筒ころがれる寒露かな

蛇穴に入り誰がために鐘は鳴る

宵闇にゐて吾輩は猫である

火の色の空へと別れ烏かな

天竺木綿

平成九年

丹頂の首立ちけり江戸切子

冬の苔池のぐるりの赤土に

冬の灯に影の伸びゆく歩みかな

塩鮭や山のあなたの空遠く

この枝にこれで三羽目初烏

頭数よりも多めに鯨鍋

誉めてゆく千両の葉の形かな

寒林や赤き実ばかり目について

納豆や気になつてゐる送り仮名

つい長くなる鮟鱇の話かな

見えてゐるまだ新しき狐罠

狐火の行方わからぬ大野かな

掛けてある和服洋服塩鰹

さつきまで確かにありし海鼠かな

日の差して油の浮かぶ冬の水

黒足袋の金の小《こ》鉤《はぜ》を外しけり

引つ張ればころがつてゆく毛糸玉

寒明けて奥まで見ゆる咽かな

待つ時の春の障子は開けおくも

開き戸も引き戸も軽き余寒かな

その先は知らず春着を縫うてをり

パンドラの箱を開ければ春霞

思ひつくままに書きとめ春の天

春の山裏地は天竺木綿かな

大空と海と山あり蕗の薹

春の潮泥の中にも魚ゐて

干し網を吹き抜けてゆく春の風

雪代の通り過ぎたる中洲かな

彼岸河豚娘二人に諭されて

ひとりでに筆の動くや春の闇

つくしんぼ心当りを探しけり

雛納め跡に男の坐りをり

待針を抜き忘れたり春衣

紐引けば桜の蘂の降りかかる

油紙三宝柑を包みたる

フラスコに沸騰点の春の水

いささかの麝香の混じる鳥曇
花烏賊や経箱の中朱塗りにて
すなずりをおされれば魚氷に上る
ごんずいの貌が並んでをりにけり

舌先に触るる歯の裏春の海
引く波の次に来る波戻り鴫
姉が来て妹が来て桑ほどく
白山の手前の山の雀の巣

天上に蒔かむ物種きつとある

蛇穴を出づるを待たず発ちにけり

干し肉をちぎり卯の花腐しかな

戸の開きて五月闇より戻りけり

金色の水流れ入る木下闇
片袖のゆれて衣桁の白絣
嫁入りの道具一式かたつむり
なめし革裁ちたる朝のゆすらうめ

地獄図と御伽草子と鯖火かな

夏潮や砂の中なる何の根ぞ

万緑や烟吸ひ込む穴ありて

貌のよく売れた鯰でありにけり

赤水母指にさはつただけのこと

八月やメビウスの襟折り返す

夏雲や畳の上に鳥瞰図

葉の先に河童ケ池の蛍かな

紫の貝を探して跣足かな
夕方のさうは言うても舌鮃
さらさらと火にかける砂鮎の腸
白絣まばたきながら羽織りたる

夏の野の草が結んでありにけり

炎天を塚原へ行く途中かな

挽肉を捏ねてゐたりき青葉潮

晒布着て土掘りすぎてしまひけり

はんざきの石の上なる眠りかな

あとがきⅠ

単身赴任も三年目に入ったころ、書店で手にした一冊の本が切っ掛けで俳句を始めることになった。俳句って何なのか、生きるって何なのかなどと考えながら俳句をやっているうちに、はや六年が経過。この間、岡井省二主宰に師事し、総論、各論全般にわたり、厳しくご指導いただいた。「精神の風景」、「アンビバレンス―二物照応」、「もの俳句―こころはものに仮託する、もっと物で」…学ばせて頂いたことを書きだせば限がない。この句集、どれほどのことが実践できたか心許無いが、しかし精神の軌跡であることだけは確かである。喜怒哀楽の世界。

作句をしていると、故郷のこと、母のこと、妻のこと、仕事のこと、「槐」のこと、宇宙のこと…いろいろ脳裡に浮んできて、ふと我にかえると、肝心の俳句は一句もできていなかったということがよくある。でも、そんな時間が持てるということ自体、実にありがたいことと思っている。

上梓にあたり、主宰より「新巻」の句集名を頂いた上、序文まで賜った。岡本高明先生には、帯文をはじめ数々の助言を頂戴した。また本阿弥書店の阿部和子氏には出版の労をおとり頂いた。記して深く感謝の意を表したい。

平成九年九月二十三日

高橋将夫

あとがきⅡ

この度、第一句集『新巻』を文庫本の形で刊行することになった。平成九年の出版から十三年余りが経過した。この年月を「まだ十三年」というべきか、「はや十三年」というべきか、複雑な思いで来し方を振り返っている。

平成十三年、「槐」創刊主宰岡井省二先生の他界に伴い「槐」を継承。平成十七年には会社を定年退職して第二の人生に足を踏み入れた。三十七年間サラリーマン生活を送ってきた私にとって、日常が大きく変化した時期である。今、こうして復刻版用の「あとがき」を書いていると、省二先生のもとで学んでいた当時のことが脳裡に浮かんできて、胸が熱くなってくる。

『新巻』以後、『星の渦』『炎心』『真髄』を上梓したが、「槐」は来年の七月に創刊二十周年の節目を迎えることもあり、今回の出版は初心を確認する意味で丁度よいタイミングと思っている。

最後に、今回の復刻にあたり「俳句四季文庫」に加えて頂いた松尾社主に心からお礼を申し上げたい。

平成二十二年七月

高橋将夫

略年譜

昭和二〇年　福井県大野市に生まれる
昭和三八年　県立大野高校卒業
昭和四三年　名古屋大学法学部卒業
昭和四三年　日本生命に入社
平成　四年　岡井省二先生に師事
平成　七年　「槐」同人
平成一一年　槐賞受賞
平成一三年　「槐」主宰を継承
平成一七年　定年退職

句集『新巻』『星の渦』『炎心』『真髄』
編書『岡井省二全句集』
俳人協会・現代俳句協会会員

現住所　〒536-0008　大阪市城東区関目一－一三－一二

俳句四季文庫

新　巻

2010年9月1日発行
著　者　高橋将夫
発行人　松尾正光
発行所　株式会社東京四季出版
〒160-0001 東京都新宿区片町 1-1-402
TEL 03-3358-5860
FAX 03-3358-5862
印刷所　あおい工房
定　価　1000円（本体952円＋税）

ISBN978−4−8129−0632−3